LES ÉTRENNES

DE

LA SAINT MARTIN,

OU

LA GUERRE

DE SCEAUX,

POEME FOU.

A AMSTERDAM.

M. DCC. XXXVIII.

LES ETRENNES
DE LA SAINT MARTIN,
OU
LA GUERRE
DE SCEAUX,

POEME FOU.

CHANT PREMIER.

JE chante des exploits échapés à l'Hiſtoire;
Ou plûtôt réſervés aux Filles de Mémoire,
Et qu'un trop grand éclat, ſans leur autorité,
Auroit rendus ſuſpects à la Poſterité.
Le Soc avoit bruni la face des campagnes,
Et déja le Vin doux ruiſſeloit des montagnes;
Lorſqu'avec LA TERREUR l'ardeur de fourager,
Arma GREGORIO, LA RISSOLLE & ROGER:
      ¡AI MARCHE-A-MOI

MARCHE-A-MOI, BRASDEFER , non moindres
en courage ,
Demeurés dans Paris , y gardoient le bagage.
Ce n'étoit point Tunis , ce n'étoit point
Alger ,
Que ces nouveaux croifés prétendoient rava-
ger :
C'étoit aux Cervelas, au Jambon, au Fromage,
Au Bourgogne, au Champagne , au bon Pain
de ménage
Que devoient fe porter de fi terribles coups ;
Et Sceaux, de leur fureur, étoit le rendez-vous.
Dans ces lieux où déja la brigade arrivée,
A l'affaut réfolu, marche tête levée,
Eft un Fort fans foffés, fans Tours, fansBaftions,
Mais fort par fon affiette & fes provifions :
Il eft entre deux cours, dont l'une eft gazon-
née ;
Aux Dindons , aux Pigeons l'autre eft aban-
donnée.
BIEN inftruit dans la Carte, & brûlant d'être
aux mains ,
ROGER n'héfite point entre ces deux chemins.
Camarades, dit-il, enfonçons cette porte ,
Et gardez que , fur-tout, la Volaille ne forte ;
Joignons l'œconomie à l'ardeur de gagner ,
Et

Et confervons bien tout pour ne rien épargner :
Mais entrons ; la nuit vient , & la faim m'affaf-
    fine ;
Je vous dirai le refte , amis , dans la Cuifine.
Il dit ; & dans l'inftant le Fort fut emporté.
Dans la Cave déja LA TERREUR s'eft jetté ;
Tandis que s'arrêtant fur un refte d'éclanche ;
L'ardent GREGORIO le ronge jufqu'au manche.
Mais, du fond de l'Office, on entendit foudain,
D'un ton embarraffé, crier : du Vin ! du Vin !
La TERREUR rapportoit une bouteille pleine ;
Il court reconnoiffant la voix du Capitaine.
ROGER, c'étoit lui-même, acharné fur un
    pain,
Ayant aigri fa foif en apaifant fa faim ,
Réduit à l'épargner, l'embraffoit d'un air ten-
    dre,
Et ne pouvoit, hélas ! l'achever ni le rendre.
    Autour de la bouteille, étendart bien fuivi,
L'alteré Bataillon fe raffemble à l'envi :
Soldat & Caporal, Lieutenant, Capitaine,
Chacun également s'en détache avec peine ;
Ils fe préviennent même , & c'eft de main en
    main
A qui pourra plûtôt foulager fon voifin.
Tant que dura le vin l'union fut pareille :

Mais la Difcorde fort du fond de la bouteille
Et montant en vapeur dans ces fougueux efprits,
Fait annoncer d'abord fon régne par des cris
　GREGORIO joignant l'effet à la menace,
Déja de LA RISSOLLE a fait rougir la face ;
Lorfqu'un coup plus tardif, mais non pas plus
　　léger
Etendit LA TERREUR fous le bras de ROGER.
Le brave Caporal que ce coup de tonnerre,
Sans pouvoir l'étourdir, a renverfé par terre,
Sur fes genoux pliés raffermiffant fon corps,
Saifit fon ennemi qui fe courboit encor ;
Et l'ayant ébranlé par un effort extrême,
Retombant fur le dos, l'entraîne fur lui-même.
GREGORIO tenoit LA RISSOLLE aux cheveux;
Celui-ci voit leur chûte, & le pouffant fur eux,
Il paffe tout-à-coup fa jambe fous la fienne,
Et de fon Lieutenant couvre fon Capitaine ;
Mais le bras qui le tient redoublant fa fureur,
Il acheve, en tombant, d'écrafer LA TERREUR.
Sous ce choc général la troupe fe délie ;
Et fe relevant tous avec plus de furie,
D'inftrumens meurtriers chacun s'arme auffi-
　　tôt ;
L'un fouleve un chenet, l'autre prend le ré-
　　chaut;
Celui-ci

Celui-ci fur la pelle à la hâte fe jette;
Cet autre, dans fa main, fait branler la pin-
    cette:
Tout préfage le fang, tout n'annonce qu'hor-
    reur;
Les portes & les murs fe couvrent de fueur;
On voit du poulailler s'échaper la volaille;
Les Dindons réveillés, fauter fur la muraille;
La Vache épouvantée a rompu fon cordon,
Et vient, en mugiffant, jufque dans le Sallon.

A voir des Combattans les terribles vifages,
L'effet alloit répondre à tant d'affreux préfa-
    ges,
Quand le Seigneur du Fort parut au milieu
    d'eux :
Quel fpectacle! dit-il, quels projets odieux!
Vois-je les defcendans de ces grands Perfon-
    nages
Dont l'un a mérité d'être au rang des fept
    Sages, *
Et qui par leur prudence également fameux,
Se flatoient de laiffer des enfans digne d'eux?
Ah! fi, vous éloignant des traces de vos Peres,
Votre afcendant vous porte aux actions guer-
    rieres,

* Compagnie de fept bons Vivans.

A 3   Pourquoi

Pourquoi quitter Paris , où vos heureux ex-
  ploits ,
Feroient contribuer tant de puiſſansBourgeois?
Il faut porter la Guerre où régne l'opulence,
Et non pas dans des lieux ſoumis à l'indigence.
Laiſſez-nous élever nos Veaux & nos Din-
  dons ;
C'eſt pour ces Demi-Dieux que nous les en-
  graiſſons.
Ici nous ne vivons que de lait & d'herbages ;
Paris ſeul eſt pour vous un Pays de Fourages.
Par le plus court chemin que je vais vous mon-
  trer ,
Croyez-moi , mes amis , hâtez-vous d'y ren-
  trer ,
Ou , Guerriers réformés , remettez-moi vos
  armes ,
Et d'un Souper frugal venez gouter les char-
  mes.
  Le Commandant du Fort , en achevant ces
  mots ,
Careſſe ces Lions devenus des Agneaux ;
Chacun , de ſon diſcours , peſant les conſé-
  quences ,
Marche , & pour d'autres tems réſerve ſes ven-
  geances.
Dans

Dans un Sallon brillant , le repas aprêté ,
Du prodigue Seigneur dément l'humilité ;
La Propreté s'eſt jointe à la Magnificence ,
Et de tous ſes attraits a paré l'abondance :
Tout répond de leur part à ce grand appareil.
Et jamais on ne vit d'empreſſement pareil ;
Les plats ſe ſuccedant ainſi que les bouteilles ,
La ſéance fut longue, & feconde en merveil-
    les :
Rien ne s'en fût ſauvé , ſi le Seigneur du Fort,
Voyant que l'honneur ſeul prolongeoit leur
    effort ,
N'eût fait ſigne à BLONDIN , qui du champ de
    bataille,
Retira , comme il put , toute la victuaille.
Les fatigues du jour & les exploits du ſoir
Produiſent un ſuccès qui paſſe ſon eſpoir.
On parle de retraite , on quitte table , on
    monte ;
Déja, chemin faiſant, le Sommeil les ſurmonte;
Et la Diſcorde en vain fait un nouvel effort ;
Le Sommeil eſt vainqueur , tout s'oublie , &
    l'on dort.

Fin du premier Chant.

CHANT

CHANT DEUXIE'ME.

LE trouble dans Paris renaît avec l'Aurore,
Et BRASDEFER au lit se tranquilise encore!
C'est sur lui cependant, que, dans Sceaux, en ce
    jour,
La Discorde a fondé l'espoir de son retour.
Ce Héros dans un âge encor peu propre aux
    armes,
S'étoit fait admirer dans l'horreur des allarmes,
Courcelles & Creteil *, lieux dignes de ses
    coups,
Avoient, plus d'une fois, éprouvé son courroux;
On avoit vû passer sa fureur incertaine,
Des rives de la Marne aux rives de la Seine ;
De cent Coqs égorgés dans ses derniers assauts,
Ces fleuves étonnés roulloient encor les os.
  La Discorde en entrant dans la chambre pai-
    sible,
Promettant à ses yeux un spectacle terrible,
Frémit de voir les murs pompeusement parés
De tous les ornemees au sexe consacrés,
Et de tout son bagage une malle est restée,

  * Bonnes Maisons

Des

Des mains de la Moleſſe en toilette ajuſtée,
Tu périras ! dit-elle, Edifice odieux,
Thrône qu'à maRivale on éleve en tous lieux,
'Autel où l'Amour propre attache la Jeuneſſe,
Et fait encor ſouvent grimacer la Vieilleſſe.
　　Elle prend, à ces mots, la forme d'un gros
　　　　Chat,
En qui l'on eût crû voir le Doyen du Sabat ;
Grimpe ſur la toilette, & fait, ſous ſes gam-
　　　　bades,
Sauter peignes, miroir, boëte à poudre &
　　　　pommades.
　　BRASDEFER à ce bruit s'éveille & veut crier ;
Mais ſa voix s'embarraſſe au fond de ſon goſier.
Le Monſtre cependant bondit de place en
　　　　place,
De la griffe & des dents tour-à-tour le menace,
S'approche, & murmurant je ne ſçai quoi d'af-
　　　　freux,
Lui ſouffle ſa fureur, & ſe perd à ſes yeux.
BRASDEFER hors du lit réſolument s'élance ;
Et ne reſpirant plus que guerre & que ven-
　　　　geance,
Va trouver MARCHE-A-MOI, qui, nouveau Fi-
　　　　nancier,
Déja la plume en main, menaçoit ſon papier.
　　　　　　　　　　　　　Cher

Cher ami, lui dit-il, à quel indigne ouvrage
Peus-tu de ta main même abaiſſer ton courage?
Eſt-ce donc pour chiffrer que naiſſent les
    gaands cœurs ?
La fortune à ce prix met envain ſes faveurs :
Si c'eſt par une route à l'honneur ſi contraire,
Qu'à force de ramper s'éleve le vulgaire ;
Par un chemin plus court un Héros ſçait mar-
    cher,
Et n'achete jamais ce qu'il peut arracher.
Nos Compagnons dans Sceaux font un ample
    ravage ;
Voilà de nos pareils l'état & le partage :
Sui-moi, laiſſe pourir ta plume à l'encrier,
Et d'un mauvais Chiffreur vien faire un grand
    Guerrier.
    Ils partent : Ils voyoient déja l'Obſerva-
    toire ;
Quand MARCHE-A-MOI montrant les murs de
    Saint Magloire,
Dit à ſon Compagnon : Sous ce toit écraſé
Logent deux Saints * vivans d'un régime op-
    poſé.
L'un a ſçû rapprocher ſa retraite du monde ;

* Deux Perſonnes de la Famille, Penſionnaires à
Saint Magloire.

L'autre

L'autre ne peut trouver la sienne assez pro-
    fonde.
La piété de l'un soûtient l'air de la Cour ;
L'autre, plus délicate, a peur du moindre jour:
Ils vont au même but par des routes diverses.
Le premier , grand Guerrier , essuia des tra-
    verses :
Mais, aujourd'hui, goûtant les douceurs du re-
    pos,
A table, cher ami, c'est encore un Héros.
Ce Saint, dit BRADEFER, est le plus sûr à sui-
    vre,
Et pour sçavoir mourir, il faut avoir sçû vivre.
    Ainsi s'entretenans ils avançoient toujours;
Et déja de Bagneux ils découvroient les Tours.
Est-ce là Sceaux, ami, que je vois sur la droite?
Demande BRASDEFER , en pointant sa lor-
    gnette.
Ah! ne t'y trompe pas, repliqua MARCHE-A-MOI,
Du Voyageur à jeun tu vois d'ici l'effroi :
Sur le haut de ce mont, terre ingrate & stérile,
S'éleve un petit Fort d'un accès difficile,
Et par la rareté des rafraîchissemens ,
Plus difficile encore à conserver long-tems.
Un jour, que détaché pour faire le fourage,
Cette expedition s'offrit à mon courage,
                     J'y

J'y parus. Le Seigneur ſe raſſurant un peu ,
Vint me repreſenter la miſere du lieu.
J'en décampai bientôt, redoutant la Famine
Que ſur l'âtre ſans feu je vis dans la cuiſine :
Ce mouillage eſt mauvais, paſſons vîte. A ces
    mots ,
Ils prennent un ſentier qui méne droit à
    Seaux.
   Cependant ces Guerriers que la force & l'au-
    dace
Avoient ſubitement établis dans la place,
Outrés dans les plaiſirs comme dans les tra-
    vaux ,
N'avoient pû ſobrement y goûter le repos ;
Et par une foibleſſe encor moins pardonnable,
Paſſoient à leur toilette un tems fait pour la
    table.
   C'eſt dans ce Fort exact un ordre bien ſuivi,
Que , la Cloche ſonnant, le repas ſoit ſervi ;
Qu'un ſeul y tienne lieu de la troupe com-
    plette ,
Et trouve tous les mets ſoumis à ſa fourchete ;
Que juſques au Caffé les traineurs ſoient reçûs;
Mais que les plats ôtés ne s'y remontrent plus.
   Telle eſt la Loi du Fort, que pour rendre ſu-
    prême,

Son

Son équitable Auteur s'est prescrite à lui-même.
Parvenus de la Plaine au sommet du Côteau,
Nos Fantassins marchoient sous les murs du
      Château ,
Lorsqu'au bruit de la Cloche abregeans leur
      voyage,
Par la grille forcée ils s'ouvrent un passage,
Fondent par le jardin dans la Salle à manger ;
Trouvent le dîner prêt ; & sans se ménager,
Tels que deux Loups entrés dans une Bergerie,
Sur la Soupe fumante unissent leur furie.

   Illustre Commandant, vous entrâtes alors;
Et jugeant de la suite à leurs premiers efforts,
Quelque léger effroi troubla votre visage :
Mais ne pouvant sauver votre bien du pillage,
Vous prîtes place entr'eux sans attendre plus
      tard,
Bien résolu du moins de sauver votre part :
Et vous-même entendant dégringoler la trou-
      pe,
Fîtes signe à Blondin de soustraire la Soupe.
Il l'enleve en effet ; quand le brave R o g e r,
Que l'odeur du potage avertit du danger ,
Ne considérant plus que le plat qu'on emporte,
Saute , prévient Blondin , & lui barrant la
      porte :
Où vas-tu ? lui dit-il, arrête ! & connois-moi :
                              Jamais

Jamais mon appétit n'a reconnu de Loi ;
Le foin de cette Soupe à préfent nous regarde,
Et c'eft un prifonnier que je prends en ma
    garde.
Va, fi tu veus l'avoir, chercher pour fa rançon,
Ou quelque fricaffée, ou quelque fauciffon,
Ou je jure.....A ces mots BLONDIN prend
    l'épouvante,
Et la Soupe en leurs mains paffe toute trem-
    blante.

Fin du fecond Chant.

CHANT

CHANT TROISIE'ME.

L A Soupe finiſſoit; &,pour aller ſon train,
Le Service attendoit le retour de
BLONDIN.
ROGER, fixant alors les nouveaux Acolites:
Vous voilà donc, dit-il, Ecumeurs de Mar-
mites?
Vous aimez l'un & l'autre, à ce qui me paroît,
La bréche toute faite, & le Potage prêt;
Mais la Soupe étoit chaude, & la fatigue altére,
Cette carraffe d'eau vous ſera ſalutaire.
Il dit; &, dans le tems qu'il ſaiſit le flacon,
L'un & l'autre effraié, fait en vain le Plon-
geon.
ROGER, dont l'œil les ſuit, les attrappe au
paſſage;
Et du Flot ennemi, leur couvre le viſage.
L'Onde couche en paſſant leurs ſuperbes che-
veux,
Et des ruiſſeaux de lait coulent par tout ſur eux:
Tel un torrent, formé par un ſoudain orage,
Sort tout troublé d'un Bois que ſa chute ra-
vage.
MARCHE - A - MOI

MARCHE-A-MOI fecouant fa tête de barbet,
Apperçût une Cruche à côté du Buffet;
Un Afne des plus forts, qu'on méne à la Fon-
taine,
A peine peut fuffire à la rapporter pleine;
Cependant il l'enléve avec facilité;
Et l'énorme vaiffeau dans fes bras agité,
Vomit un fleuve entier, qui va fous fes caf-
cades
Envelopper ROGER & fes trois Camarades.
Au travers du limon qui lui fermoit les yeux,
BRASDEFER entrevit ce coup prodigieux;
Et fa main, à tâton, faififfant une Eguiere,
D'un déluge étonnant couvrit la Table entiere.
Chacun de ces Guerriers, dans ce Combat
nouveau,
Difparoît tour-à-tour fous quelque lame
d'eau.
Maïs, comme le Canon, après quelque ravage
Des Moufquets plus preffans, laiffe éclatter
la rage.
Bien-tôt, au lieu des pots vuidés trop au hafard
Les Verres d'eau plus fûrs volent de toute
part.
Brave GREGORIO, fi l'on en croit l'Hiftoire,
JUPITER en ce jour prit foin de votre gloire,
Et

Et vous sçûtes parer un triste évenement;
On prétend que R o ge r perdit le jugement,
Lorsque de Marcheamoi, la vigueur incroïable,
Fit jouer contre lui cette Cruche effroïable,
Qu'arrêtant l'Ennemi de ce succès enflé,
Vous rassurâtes seul votre Escadron troublé;
Et que vrai Lieutenant de ce Grand Capitaine,
Vous rendites du moins la victoire inceratine.
Quoiqu'il en soit, Roger rentré dans le Com-
  bat,
S'expose alors au feu comme un simple Soldat;
Et, le Verre à la main, joignant son Cama-
  rade,
Ils lâchent l'un & l'autre une horrible ras-
  sade;
Mais, l'orage conduit par la seule fureur,
Va contre leur dessein inonder La Terreur;
Son Verre plein de vin, est sa seule défense;
La douceur de ce jus, celle de la vengeance,
Font hésiter son bras; mais choisissant enfin
Il avala d'un trait, & l'affront & le vin;
Et voïant aussi-tôt paroître la Fricasse :
Que d'un faux point d'honneur quelqu'autre
  s'embarrasse,
Je ne suis pas, dit-il, plus endurant que
  vous;
Mais,

Mais je puis vous apprendre à mieux placer
  vos coups.
A ces mots, fans daigner s'effuier le vifage,
Des plats encor brûlans il tente l'abordage.
Qu'aifément les grands cœurs écoutent leurs
  pareils,
Quand ils joignent l'exemple à de fages con-
  feils !
On ne voit à la ronde aucuns bras qui molif-
  fent.
Sous leurs coups inconftans, tous les plats
  s'éclairciffent.
  Cependant La Rissolle au Bouilli fe fixoit,
Et fervoit La Terreur qui le rafraichiffoit.
Ce Grand Homme, chargé du détail de la
  Pinte,
Ne pouvoit fe laffer de lui donner atteinte ;
Chaque coup l'enflammoit d'une nouvelle ar-
  deur.
L'affront qu'il a reçû lui revient fur le cœur;
Il fonge qu'en effet tout Paris le contemple;
Que cent braves Neveux lui demandent
  l'exemple;
Que, s'il recule encore, il eft deshonoré ;
Et portant fur fes Chefs un regard affuré :
Des intérêts, dit-il, de plus grande impor-
  tance.   M'ont

M'ont fait fuspendre un temps le foin de ma
    vengeance ;
Et ma crainte apparente abufant vos efprits,
Vous m'avez lâchement accablé de mépris :
Je faurois bien moi feul punir votre infolence,
Si nos plus braves gens n'avoient part à l'of-
    fenfe :
Mais je vois LA RISSOLLE & le Grand MAR-
    CHE-A-MOI,
De votre orgueil extrême indignés comme
    moi ;
Qui, contre des Tyrans faciles à détruire,
Ne demandent qu'un Chef digne de les con-
    duire.
Suivez-moi, mes amis, BRASDEFER le fou-
    gueux,
Peut même contre nous fe liguer avec eux.
  On goûte, on fuit ce plan ; MARCHEAMOI,
    LA RISSOLLE,
Au brave LA TERREUR engagent leur parole.
BRASDEFER, qu'arrêtoit la honte de changer,
Paffe alors librement du côté de ROGER ;
Et de ces deux moitiés entr'elles peu fembla-
    bles ,

Cet accord forme enfin deux Partis convena-
    bles.
Profitons, dit ROGER, d'un raïon de vertu
Que ce grand difcoureur doit au vin qu'il a bû.
De ces trois malheureux nous n'avons rien
    à craindre,
Que de voir ce beau feu trop aifément s'é-
    teindre.
Sortons ; lançons la foudre à la face des Cieux,
Sur ces nouveaux Titans armés contre les
    Dieux.
    Leur Hôte, en fe levant, approuva de la
    tête
Ce défi qui du Fort écartoit la tempête,
Et leur dit, fuivez-moi, je céde à vos fu-
    reurs ;
Mais, il faut que ce féjour termine tant d'hor-
    reurs ;
Qu'au Vainqueur généreux, le Vaincu fe foû-
    mette,
Et que la Guerre enfante une union parfaite.
    De l'efpoir du triomphe également flatté,
Chacun, fans balancer, foufcrit à ce Traitté ;
Leur fage Conducteur les menant à la porte,
Retient malaifément l'ardeur qui les emporte.

                      On

On voit, tels que des flots dans leur cours
    arrêtés,
L'impatient Troupeau frémir à ſes côtés;
La porte réſiſtoit ; mais, la porte abattuë
Les vômit tous enſemble au milieu de la rue.

Fin du troiſiéme Chant.

CHANT QUATRIE'ME
& dernier.

LA TERREUR, attachant un linge à son
Chapeau,
Rassemble sa Brigade autour de ce Drapeau :
A sa gauche se tient le prudent LA RISSOLLE ;
M'ARCHEAMOI l'intrépide, à sa droite se colle ;
Serrés l'un contre l'autre, ils prennent le de-
vant.

L'Escadron ennemi voltige en les suivant,
S'écarte, se rejoint, sans cesse les harcelle ;
Et forme à chaque pas quelqu'attaque nou-
velle,
Comme on voit des mâtins vainement fu-
rieux,
Poursuivre dans Paris une troupe de Bœufs ;
Si l'un d'eux seulement, vient à tourner la tête ;
Offrant sa double corne au combat toute prête,
Le plus hargneux s'arrête en lui montrant les
dents ;
Et sa fureur se borne à des aboyemens.
Ainsi, de tems-en-tems, LA TERREUR faisant
face,

Réduit

Réduit à de vains cris leur importune audace;
Et se voyant au pied des Sables du Plessis : *
Camarades, dit-il, gagnons toujours pais ;
Et montant au-plûtôt, jusques sur la terrasse :
Exterminons de-là cette maudite Race.
La Rissolle, à ces mots, connoissant un
    chemin,
Passe à la tête, monte & leur prête la main.
    A la tête des siens, sans observer de route,
Roger les poursuivoit, les croiant en déroute.
Le terrain, tout-à-coup, s'entrouvre sous leurs
    pas :
L'ennemi se retourne, & voit leur embarras.
La Montagne aussi-tôt, sous vingt ruisseaux
    de sable,
Engloutit à leur gré le Trio miserable.
Ils ne s'opposoient plus à leur enterrement;
Brasdefer même enfin restoit sans mou-
    vement;
Lorsqu'en se retournant, quelque Dieu favo-
    rable
Lui découvre à sa gauche un chemin pratica-
    ble.
Il s'y jette aussi-tôt, monte sans être vû ;
Et poussant La Terreur d'un coup inattendu :

Montagne du Plessis-Piquet, proche de Sceaux.

Amis! s'écria-t'il, recevez avec joie

Ce préfent que mon bras par les airs vous en-

voie.

Comme vous le voyez, ce Brave fait fauter,

Et veut vous épargner la peine de monter.

Le corps de La Terreur, du haut de la

Montagne,

Va loin des deux Guerriers, rouler dans la

campagne.

Tous deux, l'abandonnant à fon fort incertain

Rejoignent Brasdefer par le même chemin.

Ce jeune Avanturier, très-mal dans fes af-

faires,

Avoit à foûtenir deux puiffans Adverfaires.

Marche-a-moi, La Rissolle, en Soldats

aguéris,

Vengeoient leur nouveau Chef fi brufquement

furpris;

Ils perdent à l'inftant tout efpoir de vengeance,

Trop heureux de fuffire à leur propre défenfe

Mais, laiffant Marche - a - moi qu'occupe

Brasdefer,

Gregorio, Roger, preffés de triompher,

Entraînent La Rissolle au bord du précipice;

Et frappant fon efprit de l'horreur du fuplice;

Choifis, lui dirent-ils, ou d'aller de ce pas

Joindre

Joindre ton Compagnon, ou de mettre armes
  bas.
Ah! mon choix eſt tout fait, s'écria La Ris-
  solle;
Et je conſens à tout, hors à la capriolle.
  Sur le point de périr, encor plus affermi,
Marchamoy cependant preſſoit ſon ennemi:
Traître! lui diſoit il, qui dérobant la gloire,
D'aucun riſque jamais n'achetas la victoire,
Le Ciel qui ſe déclare aujourd'hui contre nous,
T'abandonne du moins à mon juſte courroux.
C'en eſt fait, on t'attend ſur le rivage ſombre,
Et du grand La Terreur tu vas rejoindre
  l'ombre.
Il redouble, à ces mots, ſes terribles efforts,
Et ſaiſit Brasdefer par le milieu du corps.
Ses Compagnons envain connoiſſent ſon au-
  dace,
Ils courent effrayés du ſort qui le menace;
Et hâtans leur ſecours déja trop attendu,
Trouvent, en arrivant, ce héros étendu.
Mais Brasdefer à peine a meſuré la terre,
Qu'il leve vers le Ciel une tête plus fiere;
Et tous trois à la fois fondent ſur Marcheamoi,
Qui, le dos arrondi, les reçoit ſans effroi.
Leur fureur ſur ce Roc qu'elle trouve immobile,
                              N'eût

N'eût fait, s'il eût voulu, qu'un effort inutile ;
Mais il se déracine en voulant se venger,
Et tombe renversé du seul choc de R o g e r.
Brasdefer aussi-tôt le pressant de se rendre :
C'est vainement, dit-il, que tu veus me sur-
    prendre ;
Je sçai trop à quel prix je pourrois me sau-
    ver :
Mais tu dois me connoître, & tu peus m'a-
    chever.
Si j'ose cependant te faire une priére ,
Que mon corps que je livre à ta main meur-
    triére,
Ne soit point sur le sable indignement traîné ;
Remets-le dans les bras d'un pere infortuné :
Il a dans son Palais de l'or en abondance ;
Et ma part de ses biens sera ta récompense.
B r a s d e f e r lui répond : Cesse de te flatter
Que je puisse avec toi me résoudre à traiter ;
Tu dispose aisément des trésors de ton pere,
Et ce qu'ils ont coûté ne t'embarrasse guére :
Mais , croi-moi, quelque nœud qui le tienne
    attaché,
Il n'est pas homme à faire un si mauvais mar-
    ché :

    Homme qui avoit acquis de gros biens.

Et ce corps , que fans doute il verroit avec
      peine ,
Sera bien mieux reçû desCorbeaux de laPlaine.
   A ces mots, fecondé de fes deux Compa-
      gnons ,
Il lui paffe une corde au deffus des talons ;
Et chacun le tirant d'une égale furie ,
Il fe voit tout vivant traîner à la Voirie.
   Le Commandant du Fort, à tant de cruauté
Vient oppofer enfin toute fa gravité.
Jupiter a rendu fa mine plus hautaine.
Ils croient voir un Dieu fous une forme hu-
      maine ;
Son corps étoit couvert d'une Cuiraffe d'or, *
Ouvrage que Priam fit faire pour Hector,
Qui, du Grec affamé, ne devint point la proïe,
Francus l'ayant fauvé du pillage de Troye :
Cuiraffe , qui fervit depuis à tous nos Rois,
Et fut fous Henry III. le butin des Bourgeois;
Du neveu d'un Ligueur il l'avoit achetée ,
Et depuis à fa taille on l'avoit ajuftée.
   Vainqueurs de Marcheamoi ! dit-il, quelle
      fureur

____

* Vefte d'or très-vieille , de l'aveu du Maître , &
qu'il etaloit en badinant.
                              Fait

Fait d'un ſi beau triomphe un ſpectacle d'hor-
    reur ?

Quoi ! N'aſpireriez-vous , Conquerans ſan-
    guinaires,

Qu'à diſputer le pas aux Houzards, aux Cor-
    ſaires ,

Lorſque (ſi votre ardeur ſavoit ſe contenir)

Sur les plus grands Héros vous pourriez l'ob-
    tenir.

Ah, ROGER ! Qu'aujourd'hui tu dément l'eſ-
    perance ,

Que par tant d'heureux traits nous donna ton
    enfance ?

Un jour il m'en ſouvient, le Petit MARCHE A MOI

S'étoit laiſſé tomber en jouant avec toi.

Accouruë à ſes cris ſa Nourrice inquiete,

Déja, pour l'en punir lui trouſſoit la jaquette ;

Tu lui ſaiſis le bras ; &, plein d'un tendre effroi ;

Arrètez ! lui dis-tu ; frappez plûtôt ſur moi :

Mais, de votre courroux je vois tomber la flâ-
    me ;

Et la clemence cherche à rentrer dans votre
    ame :

Venez me voir, fêtant votre réunion,

Aux Dieux qui l'ont permiſe , immoler un
    Dindon ;

Et

Et que le Vin tiré ſous un meilleur auſpice,
Ne ſoit point épargné dans notre Sacrifice.

Il dit : Ce dernier trait pénétra tous les
  cœurs.
MARCHEAMOI ſe reléve, aidé de ſes Vainqueurs.
LA RISSOLLE, qui voit la Guerre bien éteinte,
Accourt, en ſecoüant quelques reſtes de crain-
  te :
Cependant, LA TERREUR, dont on s'inquié-
  toit,
Sur le Champ de Bataille avec peine montoit.
Un mélange impoſant de ſueur & de pouſſiere,
Donne encor du relief à ſa mine guerriére.
Ce fut en cet état, qu'il crut, ſans déroger,
Pouvoir ſe proſterner aux genoux de ROGER,
Qui, ſe laiſſant conduire au Seigneur de la
  Place,
Lui rend ſon amitié, le reléve & l'embraſſe :
Ainſi finit la Guerre ; & pour indemnité,
Le pillage du Fourreur fut arrêté.

Fin du quatriéme & dernier Chant.